サンキュー
フォーユア
ハピネス

トラコ
TORAKO

文芸社

もくじ

幼少の頃

母は、私が小さい頃から病弱でした。これといってどこが悪いとかではなく、今でいうと「うつ」みたいなものでした。そのため、長い間、入退院を繰り返していました。

私が小学一年生の頃、毎週土曜日は父の仕事が終わってから入院中の母のところへ行きました。次の月曜日の授業の教科書を入れた鞄を持っていき、土日、病院で過ごすのが楽しかったのを今でも思い出します。父方の母親、つまり、おばあちゃんが近くに住んでいましたが、これといって何も手助けはしてくれませんでした。

いよいよ母が退院の時、担当でもあり私のことも可愛がってくれた看護師さんが「今日からはお母さんとずっと一緒で良かったね。よく頑張ったね」と言ってくれて、宝箱のプレゼントをいただいたのを覚えています。その宝箱はこわれて使えなくなるまで大事に大事に持っていました。

私が小学六年生になって、母も少しずつ元気になってきました。それまで私は一人っ子でしたが、中学一年生になって弟が生まれました。とても嬉しかったです。弟とは、一度も兄弟げんかをしたことがありません。

そのうち、父と母はよく喧嘩をするようになりました。父は気が短いので仕事先でよく喧嘩をしては、母に相談もせず勝手に仕事を辞めてきました。そのため、憂《う》さを晴らすためでしょうか、よくお酒を飲みました。そしてそのせいで、肝臓を悪くしました。月一で病院に行って処方薬を飲んでいましたが、医師からは「お酒をやめなさい」と言われていました。しかし、やめることができず、それで夫婦喧嘩がたえませんでした。

私は母に、「周りがいくら言っても、本人がやめる気がなかったら無駄やからほっといたら。好きな酒で、死ねたら本望やろ」と言いました。すると母は、「あんたは薄情者や」と私に言いました。母は酒をやめろと言い続けました。いつも母は、ひと言多いんです。私は、「もうそれ以上言わなくていい」と心の中で叫びました。

父はお酒を止められているので精神状態はかなりいらいらしています。私の心の中の叫びが速いか、夕食のちゃぶ台をひっくり返すのが速いかでした。いつも食べはじめでやられるのでたまったものではありません。私の父は、まるで「星一徹」と同じなんです。その後、片づけをやらないといけないし食べる物はないし、随分と情けない思いをしたものです。

父と母がよく喧嘩をしている頃、私は学校が終わっても（また、喧嘩しているんかな）と思って、まっすぐ帰らず、少しやんちゃをしている時期もありました。でも、歳の離れた可愛い弟がいるので思い直し、早く家に帰るようにしました。私が高校生の時、弟は保育所に通っていたので、学校の帰りにいつも迎えに行っていました。すると、弟は部屋の隅っこでまだ給食を食べていました。偏食が多いので毎日残されていたのです。今では有り得ないことです。でも、小学校に入ってからはだんだんと食べるようになりました。

歳が一回りも違うので可愛くて可愛くて仕方がありませんでした。一と十五のつく日に出ている夜店に二人でよく行ったものです。

弟が小学一年生になった時には、私は車の免許を取っていて、雨の日で私が休みだったら車の運転をしたいので、学校に行く弟と仕事に行く父の送迎をしていました。

だんだんと母も諦めたのか、父に対して何も言わなくなりました。すると、父の友だちが何人も同じ病気で亡くなりました。父は、次は自分の番ではないかと思っておびえていました。すると、どうでしょう。あれだけやめろと言ってもやめなかったお酒を、何と自分からピタッとやめてしまいました。

郵便はがき

料金受取人払郵便

新宿局承認

2524

差出有効期間
2025年3月
31日まで
(切手不要)

160-8791

141

東京都新宿区新宿1－10－1

(株)文芸社

愛読者カード係 行

ふりがな お名前		明治 大正 昭和 平成 年生 歳	
ふりがな ご住所	□□□-□□□□	性別 男・女	
お電話 番 号	(書籍ご注文の際に必要です)	ご職業	
E-mail			
ご購読雑誌(複数可)		ご購読新聞 新聞	

最近読んでおもしろかった本や今後、とりあげてほしいテーマをお教えください。

ご自分の研究成果や経験、お考え等を出版してみたいというお気持ちはありますか。

ある　ない　内容・テーマ(　)

現在完成した作品をお持ちですか。

ある　ない　ジャンル・原稿量(　)

書　名				
お買上 書　店	都道 府県	市区 郡	書店名	書店
			ご購入日	年　月　日

本書をどこでお知りになりましたか?

1.書店店頭　2.知人にすすめられて　3.インターネット(サイト名　　　　)

4.DMハガキ　5.広告、記事を見て(新聞、雑誌名　　　　)

上の質問に関連して、ご購入の決め手となったのは?

1.タイトル　2.著者　3.内容　4.カバーデザイン　5.帯

その他ご自由にお書きください。

(　　　　)

本書についてのご意見、ご感想をお聞かせください。

①内容について

②カバー、タイトル、帯について

弊社Webサイトからもご意見、ご感想をお寄せいただけます。

ご協力ありがとうございました。

※お寄せいただいたご意見、ご感想は新聞広告等で匿名にて使わせていただくことがあります。

※お客様の個人情報は、小社からの連絡のみに使用します。社外に提供することは一切ありません。

■書籍のご注文は、お近くの書店または、ブックサービス(0120-29-9625)、セブンネットショッピング(http://7net.omni7.jp/)にお申し込み下さい。

父の体調も少しずつ良くなってきました。

それ以降、父と母の喧嘩も少しずつ減っていき、近所の娘さんや息子さんが結婚する時に、よく仲人を頼まれて引き受けていました。私は、しょっちゅう夫婦喧嘩をする二人にどうして頼みに来るのか、不思議で仕方がありませんでした。そして、その日が来るまで父は挨拶の猛練習で、それはもう大変です。式の当日は、「行ってらっしゃい」とお見送りをして、終わって帰ってくると、両手にはたくさんの引き出物。その日の夕食はごちそうが食べられます。

昔の結婚式のお持ち帰りでは、鯛の入った三段重と大きなバウムクーヘンを持たせてくれましたので、その日の夕食は楽しみでした。そんな仲人を父と母は十数回引き受けていました。

二十歳で結婚

私は高校を卒業後、就職して二年間働いた後、二十歳で結婚をしました。母は賛成でしたが、父はまだ早いと言ってあまり賛成ではありませんでした。

昔は、結婚が決まったら結納から始まり、嫁入り道具の準備をするとそれをご近所の人たちと友だちが見にきてくれる風習がありました。私もいよいよ「荷出し」の時になりました。

まず、嫁入り道具をトラックに積む際にみんなで酒樽を割り、いわゆる「ます酒」をふるまいます。ますのふちに塩を少しのせ、母が作った「ごまめ」のつまみで飲みました。また、「荷出しの歌」をみんなで歌いながらトラックに荷を積んでいきます。

そして、その荷は、嫁ぎ先まで運ばれます。昔ながらの風景で、今では考えられません。

式の前日に私の家に来た彼は何を思ったか、「明日、一緒に式場に行くから今日はもう帰らない」と言い出しました。私は、「そんなやつ、見たことないわ。明日から、いやでもずっと一緒におらんとあかんのに」と言い、無理やり家に帰らせました。

そして結婚式の当日、家で支度をして文金高島田――和装の花嫁姿でお嫁に行きました。私が手を引かれて家を出ると、ご近所の人たちと友だちでいっぱいでした。とても気恥ずかしかったのを覚えています。ただ、何か忘れ物をした感じがありました。前日の晩、父から「お世話になりましたとかは言わなくていいから」と言われていたので、「行ってきます」と言って家を出ました。でも今思えば、一言でも感謝の気持ちを伝えておけば良かったと思っています。式が終わって両親と一緒に家に帰れないのは、なぜか不思議な感じでした。

私は、式の間はほとんど何も食べていませんでした。式が終わると、お腹がすいたのとほっとしたのとで疲れが押し寄せてきました。

その日の夕食は仲人さんの家で「すき焼き」をいただきましたが、気を遣いながらの食事だったのであまり味はわかりませんでした。それから二人の新居に行きました。引っ越しの荷物がそのままで足の踏み場もない部屋で、一晩を過ごしました。

嫁ぎ先は、「西成」です。大阪の下町にあり、中でも「あいりん地区」はドヤ街と言われ、昔から日雇い労働者向けの簡易宿泊所が集まっていて、ホームレスも多い地区です。当時は暴動が多発する、大阪市民でも近づかない所といわれていました。

お付き合いをして、初めてその西成に行きました。何というか、日本にこんな場所があるんや……と思いました。想像もしていなかった世界でした。と同時に、ここに住むんや、大丈夫かと自問自答の状態でした。

嫁ぎ先は、あいりん地区で喫茶店というか食堂というか、飲食店をやっていて、もちろん私も、お手伝いをしなければいけません。

式が終わってマンションで一夜を過ごし、次の朝からツアーの新婚旅行に出かけました。ツアー参加者は新婚さんばかりでした。行き先は、グアム。私にとって初めての海外旅行でした。本当はハワイに行きたかったのですが、ツアーがいっぱいだったので「グアム」になりました。

飛行機の中で、私たちの横に座ったのも新婚さんでしたが、二人で何もしゃべらず、ずっと下を見ていました。私は、（きっとお見合い結婚なのかな）と思いました。初々しい二人の姿が今も脳裏に焼き付いています。

前席の新婚さんは二人でよく喧嘩をしていました。そして二言目には「もう離婚やな」と、真剣に言っていました。そんな夫婦と私たちは仲良くなり、四人で共に行動をするようになりました。そんな中でも二人は相も変わらず喧嘩をしていました。でも本当は仲がいいのでしょうね。よく言いますものね、「喧嘩するほど仲がいい」「夫婦喧嘩は犬も食わない」ですよね。

「このまま帰りたくないな。時が止まればいいのに」と思っていたら、いよいよ帰る日がやってきてしまいました。仲良くなれた二人とも、さよならです。ちょっぴり寂しい気持ちになりました。あの二人、今頃どうしているのでしょうか。あの時代、今と違ってもちろん携帯はなく、連絡の手段は黒電話をかけるか手紙を書くしかありません。今なら簡単にできますが……。

嫁として、多忙な日々

日本に帰った次の日、お店は定休日でした。夫とお義母《かあ》さんと私の三人で、「ご挨拶回り」をしました。明日からは、いよいよお店に出ないといけません。まずは、メニュー数が百くらいあるのでその値段を覚えなくてはいけません。テーブルの数も十六あります。そして、朝は五時開店で夜は十時閉店です。

朝の忙しい時間は、両親と夫と私の四人でやります。朝はモーニングか朝定食がよく出ます。両親と私たち二人は昼から夕方まで休憩に入ります。その間は、夫のお姉さんが入ってくれます。夕方からは、晩ごはんを食べにくるお客さんでいっぱいになります。テレビを置いているので、プロ野球のシーズンになるとみんなで阪神タイガースの応援をします。中でも、阪神巨人戦の試合は大いに盛り上がります。やっと十時にお店を閉めて、一日が終わりです。お店の二階には両親が住んでいるので、お義母さんが作ってくれた晩ごはんを四人でいただきます。

ある日、お義母さんが晩ごはんを作ってくれている時間に用事があったので二階に上がると、お義母さんが電話中でした。少し待っていると、電話の相手はどうやらお義母さんの妹さんのようでした。すると、私の悪口を言っていました。電話を切ったので、私はお義母さんに「私に言いたいことがあるなら、人に言わないで私に言ってください」と一言言ったこともあります。後片付けは、私の仕事です。

それから私たちはマンションに帰り、お風呂に入ってから就寝するのですが、当たり前のように日付が変わっています。朝は四時起きです。寝る時間はありません。私は、時々（何というしんどい所にお嫁に来たんやろう）と思うようになりました。

そのうち私は、やせ細ってしまいました。妊娠をしましたが、お義母さんが「みんなで、お店が休みの日に旅行に行こう」と言い出しました。私は体を休めたいので行かないと言ったのですが、結局行くはめになりました。でも、全然、楽しくはありませんでした。

産む直前までお店に出ていました。正直、とてもしんどかったです。

子どもが生まれてからは、実家に帰って静養しました。何年かぶりにゆっくりできました。昔は布おむつでしたので、私の父親が家にいる時は、よくおむつを洗ってくれました。その頃は、たらいに水をためて大きな石鹸で洗濯板の上で洗っていました。

それに比べて今は紙おむつがあるので便利な世の中になったものです。

そんなある時、四〇度の熱が出ました。すると母がびっくりしました。産後の熱は危険なこともあるようなので、慌てて病院に行きました。先生は「別に異常はないです。おそらく母乳をあげたり、そのせいで睡眠不足になったりで熱が出たんでしょう」と言われました。それを聞くと母は、少し安心していました。

数日後、今度は体中にじんましんが出ました。また病院に行った時、先生に「食事は、何を食べてますか？」と聞かれたので、私は「母が、母乳がよく出るようにとお餅をよく出してくれるので、それを食べています」と言いました。すると先生は、「きっとお餅ばかり食べているから、じんましんが出たんでしょう。他のものも食べないと駄目ですよ」とおっしゃいました。私も「なるほど」と思いました。

それからは、母は何でも食べさせてくれました。上げ膳据え膳だったので、（このまま帰りたくないな）と思いました。

一か月と少し実家にいましたが、いよいよ帰る日がやってきました。（帰ってちゃんと育てられるかな）と不安になりましたが（まあ、みんな育ててるんやから大丈夫やろ）とも思いました。でも家に帰ると、とても心細かったです。

まだ子どもが小さいので、お店には出ず家で子どもと二人でいました。夫がお昼の休憩に帰ってくると子どもを見てもらって、私は、その間に買い物に行っていました。唯一、ストレス発散できる時間です。でも、夫も休憩をしないといけないので、早く帰らなければいけません。帰って子守の交代をしなければなりません。

夫は夕方五時に昼寝から起きてお店に行きます。それから私は晩ごはんの用意をします。夫が十時過ぎに帰ってくるのを、子どもと二人で待っています。その間に、母から毎晩「大丈夫か?」と電話がかかってきます。母の声を聞くとほっとしました。実家に帰りたいとも思いました。

長男が生まれて十か月になった時、保育所に空きが出たのでうまく入園することができました。そして私はお店に復帰です。でも、子どもが微熱でも出すとすぐに保育所から電話がかかってくるので、お迎えに行かなければなりません。お医者さんに連れて行き、熱が下がるまでは保育所には行けません。

そうこうしているうちに、二人目の妊娠です。また生まれる直前まで私は仕事をしていました。今度は長男もいるのでとてもきつく、しんどかったです。産み月の定期検診に行く日の朝からお腹が刻みきざみ痛かったので、もうすぐ生まれる予感がしました。長男と私の当分の着替えを持って、長男を連れて病院で母と待ち合わせました。診察の結果、やはりもうすぐ生まれると言われたので、一度、実家に帰りました。私はつわりがひどく、二人とも初期から分娩室に入って生まれるまでつわりがありました。私の母もそうでした。

一人目の時も二人目の時も、産み月で実家に帰ったことがお義母さんは気にいらなかったみたいです。「昔は、生まれるまで仕事をしていた」と言ったり、また、「お産は病気ではない」とも言っていました。確かにそうですが、私が一人目、二人目の産み月の定期検診に行った時、先生から「もう仕事をやめなさい。責任、持てませんよ」と言われたので、実家に帰らせていただいたのです。

しかし、そのことを言っても聞き入れてはもらえませんでした。私の父は、それをすごく怒っていました。二人目が生まれた時に「そんな親のいるところには帰されん。医者が責任持てないと言っているのに、何ということを言うんや」と怒っていました。「もう、離婚や」とも言っていました。

父がそのことを私の夫に言うと、夫も義母の発言に怒って、「店を辞めて、家を出てトラコの実家で暮らし、仕事も探す」と言って西成の両親に話をしたのですが、うまく親に言い含められ、丸め込まれる始末でした。

実家でゆっくりと過ごし、三か月ほど過ぎた頃、母に「やっぱり子どものためにも帰った方がいいと思う」と言われました。父は不服そうな顔をしていました。

母に言われてから数日たって両親に送ってもらい、西成の家に帰りました。父と母はしばらく西成の家にいましたが、帰っていきました。とても寂しく、心細かったです。改めて親の有り難さが身にしみてわかりました。

そして次男も保育所に入り、私はまたお店に復帰し、忙しい毎日でした。

一年後、夫の両親は向かいに住まい兼たばこ店のお店を建て、私たちは両親のお店を買い取りました。

異変

そんなある日、夫から「今日、店が終わったら話がある」と言われました。私は気にもとめず、子どもを寝かしつけてから一階のお店に下りました。すると、夫が包丁を研いでいました。私はぎょっとしましたが、落ち着いたふりをして「何?」と聞くと、「お前、あの客とあやしいやろ」と言われました。私は、「何アホなこと言うてんねん」と言い返し、二階に上がりました。もちろん、お客さんとは何もありません。

数日後、夜中に目が覚めると、横に寝ているはずの夫の姿がありません。捜してみましたがトイレにもいないので、そっと階段を下りて見てみると、また、包丁を研いでいました。私は、(ヤバイ、いつかやられるんじゃないか)と思いました。そしてその日がついに……。

お盆とお正月は、お店は稼ぎ時なので休めません。めちゃくちゃ忙しいのでその間は、私の両親が子どもたちを迎えに来て預かってくれます。子どもたちがいなくて寂しいですが、安心して仕事ができます。

そんな、お盆で子どもたちを実家に預けている日、お店を閉めてからのことでした。

二人で晩ごはんを食べている時に、夫が絡んできて怒り出しました。そして、私を殴ったり蹴ったりしました。

しばらくすると、夫は一階のお店に下り、すぐに二階に上がって来ました。手には包丁を持っていました。私は「ヤバイ」と思い、ベランダまで後ずさりしました。一瞬、二階から飛び降りようかと思いましたが、外は冷たい大雨でした。てっきり、私がやられると思いましたが、夫は自分のお腹を刺していました。それを見て（お腹じゃなく心臓だろ）と、私の心の声が聞こえました。自分でも（何と恐ろしいことを言うのだ）と思いましたが、確かに頭をよぎりました。

夫の傷は大したことなく、暴行された私は、目の白い部分が血固まりになって、顔は腫れ上がり、内出血していた体が痛くて、しばらく起き上がれませんでした。すると、お客さんが心配してくれて、夫の目を盗んで二階に上がってきました。寝ている私に近づき、何か察したのか、「大丈夫か、早く実家に帰れ」と言って、店の方に降りていきました。

　お店に出ずに二階で寝ていて少し歩けるようになったのですが、息がしにくいので病院に行きました。診断は、肋骨骨折《ろっこつ》でした。先生は私の顔を見て「誰かに暴力を受けましたか？」と言いましたが、私は階段を踏み外して落ちましたと答えました。先生はそれ以上、何も聞きませんでしたが、何もかもわかっていたと思います。今、現在だったら大変だったと思います。

　病院から帰って夫に肋骨が折れていると言ったらすごく謝ってきて、「二度と手を上げない」と言いました。

　お盆が終わって息子たちも帰ってきたある日、夫が「みんなで遊園地に行こう」と言い出しました。私は行きたくなかったのです。お店のお盆後の休みには、いつもは実家に帰るのですが、その時は肋骨が折れていたので帰りませんでした。それで遊園地に行くはめになりました。私は、「四人で行くのは、これが最後かも」と思いました。

私もお店に出るようになった頃、夫からまた「店を閉めたら下に降りてこい」と言われたので、私は今度こそヤバイと思いました。二度と手を上げないと言っていましたが、一度手を上げるともう病気みたいなもので、暴力はやみませんでした。このまま一緒にいると殺されるか、私が殺しかねないと思いました。それで、買い物に行く振りをして母に電話をしました。

「何でもいいから、『用事があるのですぐ帰ってこい』って、夕方、電話をかけてきて」と頼みました。そして、「わけは後で話すから」と言って電話を切りました。

でも、夫に後をつけられていて、電話をかけているのを見られていました。夕方の五時頃に母から電話がかかってきました。最初、わざと夫に電話を取らせてから私に代わりました。電話を切って「用事があるからすぐ帰ってこいって言われたから、ごめんやけど帰るわ」と言って二階に上がり、少しの荷物を鞄に詰めていると、夫が上がってきて「お前、一人で帰れ」と殴られました。まだ小さい子どもたちは泣き出しました。私が「子どもたちに聞いてよ」と言ったら、二人は泣きながら「お母さんと行く」と言いました。お店にはまだお客さんがいましたが、私は子どもたちと家を出ました。心配そうに私を見ているお客さんの視線を感じました。三人で電車に乗りました。実家の最寄り駅まで両親が迎えに来てくれました。実家に着いて、両親に一部始終を話しました。父は怒り、「もう、帰らなくていい」と言いました。母は、無言でした。

その夜、夫から「今から家に行きます」と電話がありましたが、父は、「来なくていい、来ても家には入れない」と言いました。結局、家には来ませんでした。

月日がたち、もうすぐ長男は小学校に入学します。実家の方に住民票を移さないと、こちらの小学校に入学できないので、父が西成の区役所に行ってくれました。そして、長男の住民票を移そうとしたところ、職員さんから「少し、お待ち下さい」と言われたそうです。待っていると夫がやって来ました。そして「勝手に住民票を移されたら困る」と言いました。父は、「移さないと廉は入学できない」と言ったら、つかみ合いの喧嘩になったのでした。廉というのは長男です。夫が先に区役所に手をまわしていたのです。でも、父は「このまま学校に行かんでもいいんか」と言って、何とか住民票を移しました。

私は、よくよく考えました。もしこのまま帰ってもまた夫が関わってくることになると思い、離婚の決意をしました。私の方から離婚の申請をしたので、夫の家の近い家庭裁判所で離婚調停をすることになりました。そして大阪家庭裁判所に月一回、行くことになりました。

やがて、裁判所から日時と時間の指定された通知が届きました。その日は、母と一緒に行きました。二人が顔を合わせないようにうまくずらしてあります。帰りも、そうです。案内された部屋で待っていると、二人の調停員さんが来ました。先に私の話を聞きます。時間にすると一時間ぐらいです。それから、夫がいる部屋に調停員さんが行き、話をします。調停員さんがもう一度来るので、その間は部屋で待っていなければいけません。しばらく待っていると調停員さんが来て、夫の話を私たちに伝えてくれます。私の気持ち、つまり離婚したいということを伝えていますが、向こうは「離婚はしない」と言っていると聞きました。その日は一旦、帰りました。とても、疲れました。母もきっと疲れていたと思います。

それから一年後、家裁に行った時のことでした。ようやく向こうも離婚してもいいと言ってきました。その代わり、私だけは籍を抜けてもいいが、息子二人は抜かないと言ってきました。親権は、私がいただきました。それについては、調停員さんに口添えしていただいたと聞いております。離婚が決まったら、初めて二人が顔を合わせ、調停員さんの前で離婚届にサインをします。父親には養育費の支払い義務と、月一回は子どもたちと面会できるということでした。私はほっとしました。これから子どもたちと頑張ろうと思いました。私が西成の家を出て離婚が決まるまで、夫の両親・家族からは電話の一本もなく、まるで他人事のようでした。

父の知り合いのおじさんと引っ越しセンターの方とで、私と子どもたちの荷物を西成の家へ取りに行きました。父は最初、「もう、荷物なんかいらん」と言いましたが、母にすごく怒られました。

新たな出発

最初は、落ち着くまで実家にお世話になりました。長男は小学一年生。次男は保育所に預けて私も仕事に行きました。次男はよく「おじいちゃんは好きやけど、おばあちゃんはうるさいから嫌いや」と言っていました。でも、これからはお世話にならないといけないのだと小さいながらも察したのか、おばあちゃんにゴマをするようになりました。笑えますよね。

それから元夫は、養育費を二回送ってきましたが、それだけでした。だから、子どもたちと二回だけは一緒に遊びに行きました。それからは会えていません。当然ですよね。

実家にお世話になって一年が過ぎた頃、市の団地が当選したので思い切って三人で暮らすことにしました。

その頃、私の姓は籍を抜いたので旧姓になりましたが、息子たちは抜けていないので元夫の姓のままです。養育費も送ってこないので、息子たちも私の籍に入れようと思いました。どうすればいいのか家裁に聞いたところ、親権者は私なので、勝手に私の籍に入れられるとのことでした。次男にそのことを聞くと「いいよ」と言いましたが、長男は途中で姓を変えるのはいやそうでした。それでも、「三人、同じ姓の方がいいやろ」と私が言うと、納得してくれました。

私の仕事ですが、最初は冷凍食品の会社で働き、次に不動産会社で働きました。その会社では、いきなり車で大阪市内の何件かの役所へ一人で営業に行かされました。何と車の運転は十年ぶりです。何とか行ってきましたが、あの時代はナビもなく、かなり大変でした。家に帰って母にそのことを言うとびっくりしていました。自分でもよく行ったと思いましたが、車の運転は好きだから、どうにかなるかとも思いました。月に一、二回は営業で回り、あとは事務仕事でした。途中、社長の奥様が出産で入院していた時のことです。社長の自宅には大きな犬がいるのですが、その犬のごはんは奥様が作っていたらしく、代わりに私に犬のごはんを作ってほしいと言われました。急にそんなことを言われても、何を作っていいのかもわからないので社長に聞いたところ「ちゃんと嫁のレシピがある」と言うので、仕方なく作るはめになりました。まずは食材の買い出しからです。一番目の買い出しで結構くたくたになりました。早く終わらせたいので必死で作りました。犬は美味しそうに食べてくれました。そして洗い物をして終了です。半日仕事です。そうしているうちに奥様が帰ってきたので、ほっとしました。何か月かたつと、社長から「仕事が終わったら食事でも行こう」と誘われるようになりました。

私はずっと上手くお断りしていたんですが、とうとう断る理由がなくなってしまい、どうしようかなと思ってしまいました。ただ、その頃には奥様と相当仲良しになっていたのでその話をすると、奥様は「私は、別にいいで。あいつまた病気が出たな」と言いました。すかさず、私は「そんな気はさらさらないよ。ご心配なく」と言いました。今まで何回か浮気はあったようでした。

その後、その会社は辞めました。次はまた別の不動産会社で働きましたが、結局、社長が前社の社長と同じように誘ってくる人だったので辞めました。不動産会社の社長は、みんなそうなのか……と思いました。

次の仕事先は、病院です。私は、寝たきりの患者さんのいる所でヘルパーをすることになりました。最初は、おむつ交換です。先輩ヘルパーさんに教えてもらい、見よう見まねでやってみました。時々は大便の時もあるのでしばらくの間は、家でカレーライスを作ることができませんでした。ほとんどは認知症の患者さんですが、中には頭がしっかりしている患者さんもいらっしゃいます。そんな患者さんのおむつ交換をしている時、その患者さんは、何度も何度も「ごめんなさいね。あなたたちも、おむつ交換するのいやでしょうけど、交換される私たちもいやなのよ」と言われました。私は心の中で「そうやな」と思いました。おむつ交換も気にはなりませんでした。夜勤の日に、昼勤の方と申し送りをする際に「この患者さんは今晩が山」と言われると、だいたい当たります。そんな時、死亡処置などをさせていただくと少しお手当がいただけました。

仕事にはある程度慣れてきましたが、一年くらい過ぎた頃、知り合いの方から市のヘルパーの仕事をやらないかとお話をいただきました。市の方に親戚のおじさんがいたので相談をしてみると「市の仕事やから、やった方がいいと思うよ」と言われたので、やることにしました。

原付バイクに乗って市の独居高齢者を訪問し、掃除、洗濯、買い物、料理、話し相手などをさせていただく仕事です。また、何もしなくていいから二時間みっちり話し相手をしてほしいという方もいます。

ある独居高齢者の男性からは、「自衛隊に行っている独身の息子がいるんだけど、一度会ってくれないか」と言われました。そのおじいさんは、私がバツイチ子持ちだということも、前にお話ししたので知っています。私は、「困ります」と言いましたが、次の訪問の時に、その息子さんが帰ってきていました。私は驚きました。「今日は何もしなくていいから、二人で話でもしてほしい」と言われました。息子さんもバツイチらしく、子どもさんが一人いましたが奥さんが引き取っており、その奥さんは子連れで再婚をしたそうです。話をしていると、おじいさんがお茶を出してくれました。

話の展開は早く、「結婚をしても、自分は自衛隊なので週に一回帰ってくるだけです。あなたはそのまま今の仕事を続けてくれたらいいです」と言われました。私は心の声で（え～っ、結婚！）と叫びました。

（何と早い、もう結婚するつもりですか？　今、逢ったばかりで）

再び、心の声です。

「次の休みの日に、子どもたちと一緒にどこかに行きませんか？」と言われました。いきなりで子どもたちが動揺するだろうと思ったので、「とりあえず二人で行きましょうか」と言いました。

次の日曜日、私が車でおじいさんの家までお迎えに行き、自衛官の息子さんとドライブに行きました。途中で「焼肉でも食べる？」と聞かれたので、（いきなり焼肉ですか！）と心の中で叫びました。

たくさんの焼肉をお腹いっぱい食べましたが、余ったので「この残りの肉、お持ち帰りしてもいいですか？」と彼に言いました。なぜか嫌われてもいいかなと思いながら。すると彼は、食べ盛りの息子さんだと足りないからと言って、追加の肉とたれも買ってくれました。嫌われるどころか所帯持ちがいいと言って、逆に気に入られました。帰り際に「返事は急ぎません」と言われて帰りました。

さて、返事はどうしたものかと考えました。正直、今の子どもたちとの生活に満足しています。一度、この気楽さを味わったら再婚なんか無理です。相手がキムタクなら考えますが……（笑）。

一応、子どもたちに聞いてみました。

「もし、お母さんが結婚したらどうする？」

すると、二人とも即答で「あかん」と言いました。その時、息子たちはまだ小学校低学年でした。私は、その一言「あかん」で心が決まりました。次の訪問日にお父さんに「すみません。私にはもったいないお話なのですが、大変申し訳ございませんがお断りさせていただきます」と言いました。するとお父さんが、「何があかんのかな?」と言ったので、「あかんとかではなく、子どもたちに聞いてみたらいやと言われたので。私にとっては子どもたちが一番、大事なので……」と言いました。ようやく納得をしてくれました。それからは、少し訪問しづらい感じでしたが、割り切って仕事をこなしていきました。

安定を求めて

それから二年を過ぎた頃、私は市の職員の試験を受けることにしました。年齢は、受験可能なぎりぎりの三十五歳でした。一応、両親にもそのことは言いました。私も両親も受かるはずがないと思っていましたが、ダメもとでもまずは試験を受けないと始まらない。二人の子どもを育てなければならないので、受ける決心をしました。正直、勉強は何もしていませんでした。確か数学、国語、英語、作文の試験だったと思いますが、勉強しようにも何が出るかわからないと思ったからです。

いよいよ試験当日。これが何と、全問回答できたんです。何ということでしょう。でも、「私ができたんだから、きっとみんなもできるやろう」と思いました。

そして別の日に、面接がありました。私は最後から二番目でした。集合時間が全員同じだったので、待ち時間が長かったのを覚えています。待っていると、面接から出て来た方が「一番最初に作文渡されて読まされるで」と教えてくれました。時間にして十分ほどでした。

いよいよ私の番がきました。中央に、市長さんがいらっしゃいました。あと左右に五人ずつ管理職の方々がいらっしゃいました。聞いていた通り、作文を読んでから市長から質問をされました。好きな科目は英語と書いたので、市長さんが「もうすぐ関空が完成して外国人がたくさん来るのでいいですね。でも、あなたが受かったら代わりのヘルパーさんが要るなあ」とおっしゃいました。それで、「えっ、私は受かるのか？」と思いました。

いよいよ発表の日。両親に「万が一、受かってたら電話するわ」と言ったら、「受からんで」と言われました。合格者は掲示されるとのことでしたので、どこに貼ってあるのかなと市役所の入口まで行くと、外の外壁にＡ４サイズで貼られていました。見てみると、何と私の番号がありました。驚いて二度、三度見直しました。確かに番号はあったのです。もう私は嬉しくて嬉しくて、すぐ両親に電話をかけました。二人とも驚いていましたが、「良かったなあ」と言ってくれました。

父の死

数日後、父の体調が悪くなって検査入院をしました。私は、前もって担当の医師に「結果が悪い場合は、私と弟が聞きますので母には言わないで下さい」とお願いをしました。母に悪い結果を言ったら、きっと母も寝込んでしまうと思ったからです。

しばらくして、私と弟が医師に呼ばれました。結果は、肝臓がんでした。そのうえ、余命一年とも言われました。「このまましばらくは入院していただきますが、体調が良ければ家に帰ることができます。家に帰ったら好きなことをさせてあげて下さい」とも言われました。昔は、お酒をよく飲んでいましたが十年ほど前にやめて、今はもう一滴も飲んでいないのに、どうして父が……。母には一切言わず、私と弟の心の中で止めておきました。

何か月か入院をして体調が良くなったので、家に帰ることができました。ただ、家に帰ってもあまり食欲がないようでした。私が「何か食べたいものある？」と聞くと、「マグロが食べたい」と言うのでちょっといいのを買ってきて食べさせても、一口しか食べません。次に、メロンが食べたいと言うので買いましたがこれも一口です。次は、たこ焼きが食べたいと言うので買っても一口です。半年ほどたった頃、急に認知症みたいになりました。そんな父を見て、母は号泣です。

次の日、母と、父を連れて私の車で病院に向かいました。父はまた再入院です。私と弟は担当医師に呼ばれ、「覚悟をしておいて下さい。今のうちに会わせたい方がおればお呼びして下さい」と言われました。父は、ずっと目を閉じていました。私はそんな父の手を、握っていました。その日は一旦、家に戻りました。寝ていると弟から電話がかかってきました。時計を見ると、朝の五時頃でした。

「お父ちゃん、ヤバイ」

慌てて子どもたちを起こし、病院に向かいました。到着すると、弟と母が来ていました。心音の数字が0になったので、看護師さんは、医師を呼びました。医師が心臓マッサージをした瞬間に父が吐血をしたので、私は号泣しながら先生に「もういいです。やめて下さい」と言いました。

その日の夕方、病院の車で父を家に連れて帰ることになったのですが、私も弟も車で来ているので、父の横には母しかいません。私の子どもたちに「おばあちゃんと一緒におじいちゃんの横に乗って」と言ったら「いやや」と言われました。まだ小さかったので、少し怖かったのかもしれません。結局、父の横には母一人でした。でも、運転手さんがいい方でしたので、母にいっぱい話しかけてくれたみたいです。

父が亡くなったのは、暮れの十二月三十日でした。家で、布団に寝かせたままお通夜をしました。母の友人でもある数人のご近所さんが、父の話をしながら朝まで一緒に過ごしてくれました。母と弟はよほど疲れたのか、父の横で寝ていました。母が寝返りを打つと、父が動いたのかと思って、一緒にいたおばちゃんがビビッていました。私は、本当に父が動いてくれたら嬉しかったのですが……。そして朝、棺桶を持ってきていただいて、父を納めました。父と最後のお別れの時に、私があまりにも号泣したので、私の子どもたちが驚いていました。十二月三十一日にお葬式をし、お骨も壷に納めましたが、もうなぜか涙は出ませんでした。

母はその後も毎日、仏壇の前で泣いていました。「私は、一人ぼっちになった」と言うので、私は「何、言うてん。私と海《かい》（弟）がいるやろ」と言いました。すると「あんたらは、薄情や、お父ちゃんは優しかった」と言うのです。

（何を言うてるん、あんなに毎日、喧嘩ばかりしてたのに）

母に「寂しいから四十九日までここにいてよ」と言われたので、しばらく実家にいることにしました。夜は毎日、お経をみんなで唱えます。四十九日が過ぎて帰ろうとすると、「やっぱり百箇日までいてよ」と言われたので、またいることにしました。

自分の家の掃除も気になっていたので早く帰りたかったのですが……。百箇日が過ぎ、やっと我が家に戻って再び三人の生活が始まりました。

父が亡くなってから、弟が結婚しました。母と同居してくれたので、だんだんと母も元気になってきました。父にも弟のお嫁さんを見せてあげたかったです。きっと、天国から見ていると思います。

家を買う

ある土曜日の出勤の日のことです。土曜日は当番制で、二人が出勤していました。一人の職員さんが、新聞にはさんである販売住宅のチラシを見ていました。すると私に「このチラシの家、めっちゃ安いで。一回、遊びがてらに見に行ってきたら」と言いました。見てみると、本当に安かったのです。

次の休みの日に、ぶらぶらとその家を見に行きました。すると、一軒だけ家が建っていました。車から降りて近くへ行ってみると、プレハブの中から女性の方が出てきました。

「いらっしゃいませ」と言われ、私は「買うかどうかはわかりませんが、ちょっと見にきたのですが……」と言いました。するとプレハブの中へ通されました。

「あそこに一軒建っているのはモデルハウスです。こちらは注文住宅です。土地は二十六軒分ございまして、今、六軒売れていますが、角地で一番広い土地は残っております」と女性に言われました。

どうしてあんなことを言ったのかわかりませんが、「一度、帰って家族と相談しますので、角地の広い土地を仮押さえでお願いしてもいいですか」と思わず言ったら、「かしこまりました。お待ちしております」とお名刺をいただきました。

家に帰ると丁度子どもたちがいたので、家の話をしました。次男は即座に「欲しい」と言いましたが、長男は「どっちでもいい」と言いました。おそらく長男はお金のことを考えていたんだと思います。その後、すぐ二人を連れてモデルハウスを見に行きました。次男は一言「買おう！」と言いました。長男は相変わらず「どっちでもええよ」と言いました。あとは、私次第です。すると急に私も欲しくなり「買います」と言いました。

スタッフの方から「ありがとうございます。失礼ですが、ご職業をお聞きしてもよろしいでしょうか」と言われたので「公務員です」と言ったら、「承知いたしました。誰でもお買い求めいただけるものでもないのですが、公務員の方なら大丈夫です」と言われました。契約するにも印鑑を持ってきていないので、とりあえず一番広い土地を仮押さえしました。

母は以前から八百屋でキャベツでも買うかのように、「小さい家でもいいから、いつか買ったら」とよく言っていました。母に「家、買ったで」と言ったら驚いて、「お金、大丈夫?」と言ってきました。言っていることと本心が全然違っていました。

次の休みの日、正式に契約をしに行きました。嬉しかったです。その時、長男は大学一年生、次男は高校二年生でした。これからもっと頑張ろうと思いました。息子たちにも協力してくれるように言いました。

まずは建築士の方と、家の造りと屋根や外壁、内装の色も考えなければなりません。とても疲れたのを覚えています。

休みの日に差し入れを持って建築中の家を見に行き、写真を撮りました。

家も完成し、いよいよ引っ越しの日が近づいてきたので、引っ越しセンターに来てもらい、見積もっていただきました。三月の年度末は繁忙期で高いのですが、新居の完成は二月で安かったので、自分では何もしなくていい「おまかせコース」でお願いしました。

引っ越しの日、早朝の七時に引っ越しセンターの方が来てくれました。三人とも朝ごはんを食べていなかったので「ちょっとモーニングに行ってきていいですか？」と聞きました。すると「いいですけど、お一人はここに戻って下さい。積み込みでお聞きしたいこともありますので」と言われました。急いでモーニングを食べて、私は戻りました。息子二人は実家に行きました。

昼頃やっと積み込みが終わりましたが、その間、結構退屈でした。昼食後、弟夫婦と母が来てくれました。引っ越しは夕方までかかりました。

母は「新築の風呂に一番に入ったら脳腫瘍にならない」と言って、何もせずに新居の風呂にだけ入りました。風呂から出てきた母は「大きいし深いから溺れそうやわ」と言いました。その日の夕食は実家で寿司をいただきました。

次の日、三人で荷物を収めました。息子たちは二階の自分の部屋から始めました。私の部屋は一階です。私は先にキッチンとリビングダイニングから始めました。頑張って一日で片づけてしまいました。

新しい家で一番嬉しかったのは、全部の水道の蛇口からお湯が出たことです。感動しました。前の団地では風呂もずっと銭湯、お湯が出るのは唯一、台所のガス湯沸かし器だけだったのです。気のせいかお酒も食事も美味しい気がしました。

息子たち

長男と次男は高校三年生で車の免許を取りました。私は中古の軽自動車を一台買ってやり「二人で乗りなさい」と言いましたが、ほとんど次男が乗っていたように思います。

その次男が高校三年生の時、「今、クラスで携帯持ってないの俺だけやで」と言い出したので、私は「よそはよそ、うちはうち、欲しかったら自分で買いなさい」と言いました。

　すると次の日、次男は、「バイトの面接に行ってくるわ」と言いました。聞くと「ジャスコのグルメで募集してたから」とのこと。面接に行き、一時間後に帰ってきて「明日から来て下さいて言われたわ」と言いました。「面接、どうやった？」と聞くと、「店長さんが履歴書を見て、『お母さんの名前はありますが、お父さんの名前はありませんが？』」と聞かれたので『父と母は離婚していますので、僕がバイトをして少しでも家庭の母の手助けをしたいのです』と言った」とのこと。すると、「えらい。明日から来て下さい」ということになったと言いました。次男は口がとてもうまいので、相手を感心させるのです。バイトには、毎日、真面目に行っていました。勉強も同じぐらい真面目にやってくれればとも思いましたが……。そして初めての給料で早速、携帯電話を買っていました。嬉しそうでした。長男も自分で携帯を買っていました。

月々の支払いも、もちろん自分たちです。

長男は大学二年生。次男は高校三年生でいよいよ卒業の時です。式が終わって部活動の先生に「頑張れよ」と言われ、ハグをされて次男は号泣していました。

次男は昔から早く働きたいと言っていましたので、卒業後は水道の配管の仕事をすることになりました。

予感的中

次男は、中学一年生の頃から女の子と交際をしていました。でも、一年ももたずに次々と彼女が替わっていました。そんな次男が働きだして二年ぐらいたった頃、交際していた彼女を頻繁に家に連れてくるようになりました。その彼女は、家に来ても「こんにちは」も言わないし、脱いだ履物も揃えません。彼女が帰った後、息子に「挨拶しないし履物も揃えてないし……。あの子よりも、親の育て方を言われるんやで」と言いました。すると、息子は「そうやな、わかった。あいつに言うわ」と案外、素直に話を聞いていました。

それからは家に来ても挨拶をするようになり、履物も揃えるようになりました。きっと、息子が言ったのでしょう。しかし一旦来ると、夜中を回っても帰りませんでした。私は見かねて「日が変わらん間に帰りや。お嫁入り前の娘が、いい加減に帰らんとお母さんも心配するやろ。それが守られへんかったら来たらあかん」と言いました。すると息子が腹を立てたのか階段の所のクロスを蹴ったのです。クロスは破れ、壊れました。私は、新築なのにと腹が立ったので弁償させました。

それからは、何とか日が変わる何分か前には家を出て帰るのですが、早朝の五時頃にやって来ます。確かに朝の時間については何も言っていませんでしたが、開いた口がふさがりません。

何か月かして、次男が「今日の夕方、話がある」と言いました。私は（多分、できたのかな）と思いました。そして夕方、二人が来ました。私の前に座ると次男が、「子どもができたから結婚するわ」と言いました。

（やっぱり。それだけ一緒にいたら子どももできるわ）

私は二人に、「住まいはどうするん？　結婚式は？」と聞きました。次男が「二人ともお金ないし、ここに一緒に住んでもいい？　結婚式はもういい。写真だけ撮りたい」と言いました。彼女に「それでいいん？」と聞いたら「うん」と言いました。「お母さんに言った？」と聞くと、「今から二人で言いに行く」と次男が言いました。

数時間たって、二人が帰ってきました。彼女のお母さんに「子ども、中絶しておいで、結婚はまだ早い」と言われたそうです。彼女が「家、出るわ」と言ったので、私は「お母さん、会って話するわ」と言いました。息子に「二人を養う覚悟はあるんか?」と聞きました。「ある」と答えたので、彼女のお母さんに連絡を取り、私がお伺いすることになりました。

手土産を買ってお伺いしました。よくよく話をしてみると、そんなに反対というわけでもありませんでした。彼女は長女で、妹と弟がいました。きょうだい三人がまだ小さい時に両親は私と同じで離婚をし、三人のお子さんはお父さんが引き取ったとのこと。子どもたちはずっとお父さんの両親と暮らしていたそうですが、うちの息子と出会う二年前に、お母さんが彼女と妹を引き取ったそうです。だから、急に結婚すると言われたので寂しくなったと言われました。そういう私も寂しくないわけではありません。息子二人とも、女手一つで育ててきたんです。どこの馬の骨かもわからない子に可愛い息子を取られるんですから、気持ちはわかります。

結局、その日のうちに許しをもらえました。そしてお母さんに「一緒に住むと言っているので、身一つで来てもらって大丈夫です。その代わりと言ったらなんですが、結納はなしでお願いしてもよろしいでしょうか？」と言いました。お母さんは「はい」と言われました。

「二人は、お金もないし、結婚式をしないで写真だけ撮りたいと言ってます」と私が言うと、「そうですね」と返ってきました。話が付いたので家に帰ると二人がいたので、お母さんの許しが出たことを言うと喜んでいました。私は、「二人とも、お母さんにお礼を言いなさい」と言いました。すると、二人で「はい」と……。

それから彼女は仕事を辞め、月一回の婦人科にも一緒に行きました。初めての婦人科で名前を呼ばれて一緒に診察室に入った時に「付き添いの方は、どういったご関係ですか？」と聞かれたので「母親です」と言ったら、彼女はニコニコしていました。看護師さんに「血液検査をしますので、お母さんは外でお待ち下さい」と言われたので、院内をちょっとうろうろしていました。しばらくして、院内放送が流れました。

「○○様の家族の方は至急、婦人科までお戻り下さい」

驚いて急いで戻りました。看護師さんが「血液を採った瞬間に失神してしまいました」と。私は、(えっ)と心の声。

少しすると目が覚めたので帰りました。彼女は採血されたのが生まれて初めてで、自分の血液型も知らないそうです。それを聞いた私は(そんなやつ、いるんや)と驚きました。次の診察に行った時に血液型がB型と知りました。これで家族全員がB型です。

(最悪……)というのが正直な心の声でした。B型は自己中とかわがままとか、あまり良く言われません。

休みの日、とりあえずダブルベッドとドレッサーと、こまごました物を息子と彼女とで買いに行きました。

式は挙げないと言ったものの、やっぱり二人とも一生のことなので式は挙げたいだろうなと思いました。二人に、「式を挙げる挙げない関係なく、一度式場に行ってみる?」と言ったら、二人で笑顔で「うん」と即答でした。やっぱり本当は挙げたいんやと思いました。

休みの日、三人で近くにある良さそうな式場を見学に行きました。女性のスタッフの方の説明を聞きながら見学しました。天井の高いチャペルで二人の外国人の牧師さんのもとで式を挙げていただけるそうです。その間どこのカップルともブッキングしないとのことで、貸し切り状態で全部の部屋を使用でき、各部屋にはお酒が置かれているとのことです。

二人が「めちゃくちゃいいなあ」と言ったので、私が「式、挙げたら?」と言うと「挙げたいけどお金がない」とのこと。

「あちらのお母さんと、もう一度、会って話するわ」と私が言うと、二人は笑顔でした。

また手土産を買い、彼女のお母さんの所へお伺いしました。

「式は挙げないと言っていたんですが、やっぱり二人は結婚式を挙げたいみたいです。私も見たいですし」

「そうですよね」

話がまとまり、両方の母親で挙式の費用を出すことになりました。二人とも二人の母親に感謝感謝で、大喜びでした。本人だけではなく、きっと親も晴れ姿を見たいですよね。

式までに衣装合わせ、招待客、席順そして挨拶、引き出物、料理など、色々決めなければなりません。

次男の結婚式

いよいよ式の当日、チャペルで二人の外国人の牧師さんのもとで式を挙げました。二人ともちょっとなまった日本語が印象的でした。誓いの言葉を言ったあと、指輪の交換、そして「キス」です。これがまた長いキスでした。思わず、みんな「長い」と言っていました。最後に、讃美歌をみんなで合唱しました。式が終わって披露宴までの間、二人は写真のフラッシュの嵐です。牧師さんは「おめでとう！　二人の顔、似てるよね」とちょっとなまった日本語で言いました。二人は「ありがとうございました」と言い、牧師さんと四人で写真も撮っていただきました。息子は「いっぱい写真を撮られてスターになった気分や」と言っていました。

次に、披露宴です。その頃はもうお仲人さんもなく、式場の方で司会者を付けてくれました。親族、友人の挨拶、そしてカラオケなど色々でした。お酒のせいもあって、息子はなぜか挨拶を聞くたびに泣いていました。お嫁さんはにこにこです。そう言えば式場のスタッフさんが「今は、新婦さんより新郎さんの方が泣かれます」と言っていたことを思い出しました。

最後のカラオケは、新郎である息子の「関白宣言」でした。「俺より先に死んではいけない」というところで、彼女は少し泣いていました。いよいよ終了の時間が近づいて、新婦がお母さんへの手紙を朗読します。泣きながら読んでいました。

次は、何と息子が私宛にも手紙を書いてくれたみたいで、泣きながら朗読してくれました。私も号泣です。式場のスタッフ一同も泣いてくれました。すると、担当のスタッフさんが私に近づき、「本当にいい息子さんですよね。実を言うと、式の打ち合わせの時に、僕もお母さん宛に手紙を書くので、一番最後に読んでもいいですか？と聞かれました。その時、私はなんていい息子さんなんやろうと思いました」と。

今はいい息子だけど、今までどれだけえらい目にあわされてきたのか……私と一緒で若い頃はやんちゃだったのを、みんなは知らないのです。私の弟も、「姉ちゃん、あいつ、今までかけた苦労をあの手紙でチャラにしたなあ」と言っていました。

式が終わって私と長男は家に帰りましたが、二人は喫茶店を借り切って二次会です。式の三日ほど前に息子の友人から電話があり、「お母さん、急にすみませんが二人宛に手紙を書いていただけませんか。私たちが二次会で代読させていただきますので」と言われたのです。もう少し早く言ってほしかったなあと思いました。ああでもない、こうでもないと考えながら、何とか間に合いました。

次の朝、二人から「お母さん、手紙ありがとう、二人で号泣したわ」と言われました。

初孫

そして、長男と次男夫婦と私、四人の生活が始まりました。

月日は流れ、二〇〇三年十二月三十日の夜中に陣痛が始まり、三人で婦人科に行きました。息子はずっと付き添っていましたが、私は家で睡眠を取りました。病院の大晦日の夕食時、「お母さん、夕食、年越しそばやで。でも、お腹痛いからあんまり食べられへんわ」と写メを送ってくれました。「ちょっとでもいいから食べや」と言いました。その日の夜中頃、息子から「もうちょっとで生まれそう」と電話があったので、すっぴんで急いで向かいました。いよいよ分娩室に入る前に「頑張りや」と言ったら、死にそうな顔で「うん」と言っていました。婦人科の「親子教室」に息子も参加していれば一緒に分娩室に入れるのですが、仕事で行けなかったので中には入れてもらえません。分娩室の前で生まれてくるのを待っていました。しばらくすると「おぎゃあ」と鳴き声が聞こえました。息子は「波瑠、生まれた！」と号泣しました。「波瑠」というのは、生まれてきた赤ちゃんの名前です。二人は、生まれるまで性別を聞かないことにしていたようなのですが、やっぱり名前を考えたいからと言って、事前に男の子だと聞いていました。そして名前に関する本を買って二人で名前を決めていたそうです。

うちの孫が元旦一号です。二番手の家族さんも待っていたので、うちの孫が生まれた時、「おめでとうございます」と言って手をたたいてくれました。そのあと、彼女がほっとしたような顔をして分娩室から出てきました。

家に戻ると、彼女から「お母さん、今日の夕食めちゃめちゃ美味しそうなおせちと、雑煮やで」とまた写メが送られてきました。「お腹めちゃめちゃすいてるから食べるわ」と言っていました。

一週間が過ぎて退院の日、二人でお迎えに行きました。息子が子どもを抱き、私が車の運転をしました。すると「お母さん、二〇キロぐらいでゆっくり走って」と言うので「なんでやねん」と返しました。

三年ぐらい同居していましたが、息子夫婦が近くに家を借りたので別居しました。またそれから数年して、二人は少し広い家に引っ越しました。

そのうち、彼女から電話がありました。

「今の仕事を辞めて大工になると言ってるんやけど、今から大工して、生活、大丈夫なんかなあ」

改めて息子に聞いてみると、「大工になって、頑張って自分の家を建てる」と言いました。それを聞いた彼女も賛成してくれました。今は大工になり、自分で家を建てました。

今、思うこと

私は、ずっと心に思い続けていることがあります。それは、親不孝もしているが子不幸もしているということです。勝手に結婚をして勝手に別れて、二人の子どもには本当に申し訳ないと思っています。

ある時、子ども二人に「お父さん、いたらいいのになあって思ったことあるやろ?」と聞いたことがあります。「ごめんな」って私が言うと、二人は「思ったことないよ。お母さんいるし」と言いました。口には一言も出しませんが、きっとお父さんがいたら…と思ったことはあったと思うんです。

また、中には「辛抱足らんからすぐ別れるんや」とか言う人もいるかと思います。でも、皆々がそうではありません。普通に旦那様といる方が安泰な生活が送れます。

離婚をして一人で子どもを育てるのは、相当な覚悟がいります。離婚は、考えて考えて、よくよく出した結論なんです。

おかげさまで息子二人は一人前になりました。今は孫も二人。男の子は二十一歳、女の子は十九歳になりました。お嫁さんもいい子です。

息子たちは、「お母さんの子どもに生まれて良かったよ。元気でいつまでも長生きしてや」と言ってくれます。その一言で私は、日々幸せを感じながら暮らしています。優しい家族に見守られ、ひ孫の顔を見るまで元気でいようと思っております。

今、他国では戦争の真っ只中です。毎日、テレビの報道を見ると胸が痛みます。オリンピックが開催される中、どうして戦争なんかやるんでしょうか。そのために出場できない選手もいるのに。人間同士、殺し合いをしても何も生まれません。憎しみが残るだけです。世界中の皆さん、憎より愛を選びませんか。パリオリンピックの開会式でセリーヌ・ディオンさんが「愛の讃歌」を熱唱されていました。私は、感動で涙しました。一刻も早く平和な世界が戻りますようにお祈りいたします……。

著者プロフィール

トラコ（とらこ）

昭和32年10月９日生まれ、大阪府出身。
私立明浄学院高等学校卒業後、いくつかの職をへて大阪府泉佐野市役所に勤務。

サンキュー　フォー　ユア　ハピネス

2024年11月15日　初版第１刷発行

著　者　トラコ
発行者　瓜谷 綱延
発行所　株式会社文芸社
〒160-0022 東京都新宿区新宿1－10－1
電話 03-5369-3060（代表）
03-5369-2299（販売）

印刷所　TOPPANクロレ株式会社

ISBN978-4-286-25891-1